Reflections of Ultramarine

4

Mayu Sakai

& Story

Ren Serizawa

Koharus Klassenkamerad. Er hat früher gemeinsam mit seinem Zwillingsbruder unter dem Künstlernamen Nagisa Fujikawa gearbeitet.

Koharu Hiragi

Ein natürliches Mädchen mit einer positiven Ausstrahlung. Kindheitsfreundin von Keigo. Hat sie sich womöglich in Ren verguckt?

Nagisa Fujikawa

Ein talentierter Kinderdarsteller, der Koharu dazu inspiriert hat, selbst Schauspielerin zu werden.

Eiji Hikami

Filmregisseur. Koharu und Ren haben bei einem Casting sein Interesse geweckt.

Yurina Yamanishi

Klassenkameradin von Koharu und den anderen. Die zwei Zöpfe sind ihr Markenzeichen.

Risa Yajima

Klassenkameradin. Sie weiß genau, was sie will, kümmert sich aber auch um andere.

Charaktere

Hayu Nonomiya

Modelt für Teenie-Zeitschriften. Spitzname: Hayuyu. Sie ist schon lange Fan von Keigo.

Keigo Konno

Ein gut aussehender und beliebter Nachwuchsschauspieler. Gleichermaßen beliebt bei Mädchen wie bei Jungen. Ist er in Koharu verliebt?

Koharu Hiragi besucht die zehnte Klasse im Showbiz-Zweig der Funakoshi-Privatschule. Sie will Schauspielerin werden, um den Jungen zu finden, der sie als Kind in einem Kinofilm zutiefst beeindruckt hat. Noch ist sie allerdings ein No-Name. Bei einer Schulaufführung ergattert Koharu ihre erste Hauptrolle. Als ihr männlicher Gegenpart Keigo am Tag der Willkommensfeier verhindert ist, droht die Vorstellung ins Wasser zu fallen, doch ein rätselhafter Klassenkamerad namens Ren springt in letzter Minute für ihn ein, und das Stück wird ein voller Erfolg. Koharu beginnt sich für Ren zu interessieren. Ren, der in Eiji Hikamis Musikvideo mitgespielt hat, wird durch Social Media über Nacht zum Star. Koharu erfährt, dass Nagisa Fujikawa, der verschollene Kinderdarsteller, in Wahrheit der gemeinsame Künstlername von Ren und seinem verstorbenen Zwillingsbruder war. Ren fühlt sich erleichtert, nachdem er Koharu von seiner Vergangenheit erzählt hat, und beschließt sein Comeback als Schauspieler. Die beiden bekommen direkt die Chance, zusammen in einer TV-Serie zu spielen. Da Ren eine Kussszene bevorsteht, fragt Koharu ihn nach seinen Kuss-Erfahrungen. Doch statt zu antworten, bietet er ihr an, sie zu küssen.

▲ **Ren hat eine traurige Vergangenheit, doch Koharus sanfte, aufmunternde Worte besänftigen sein Herz.**

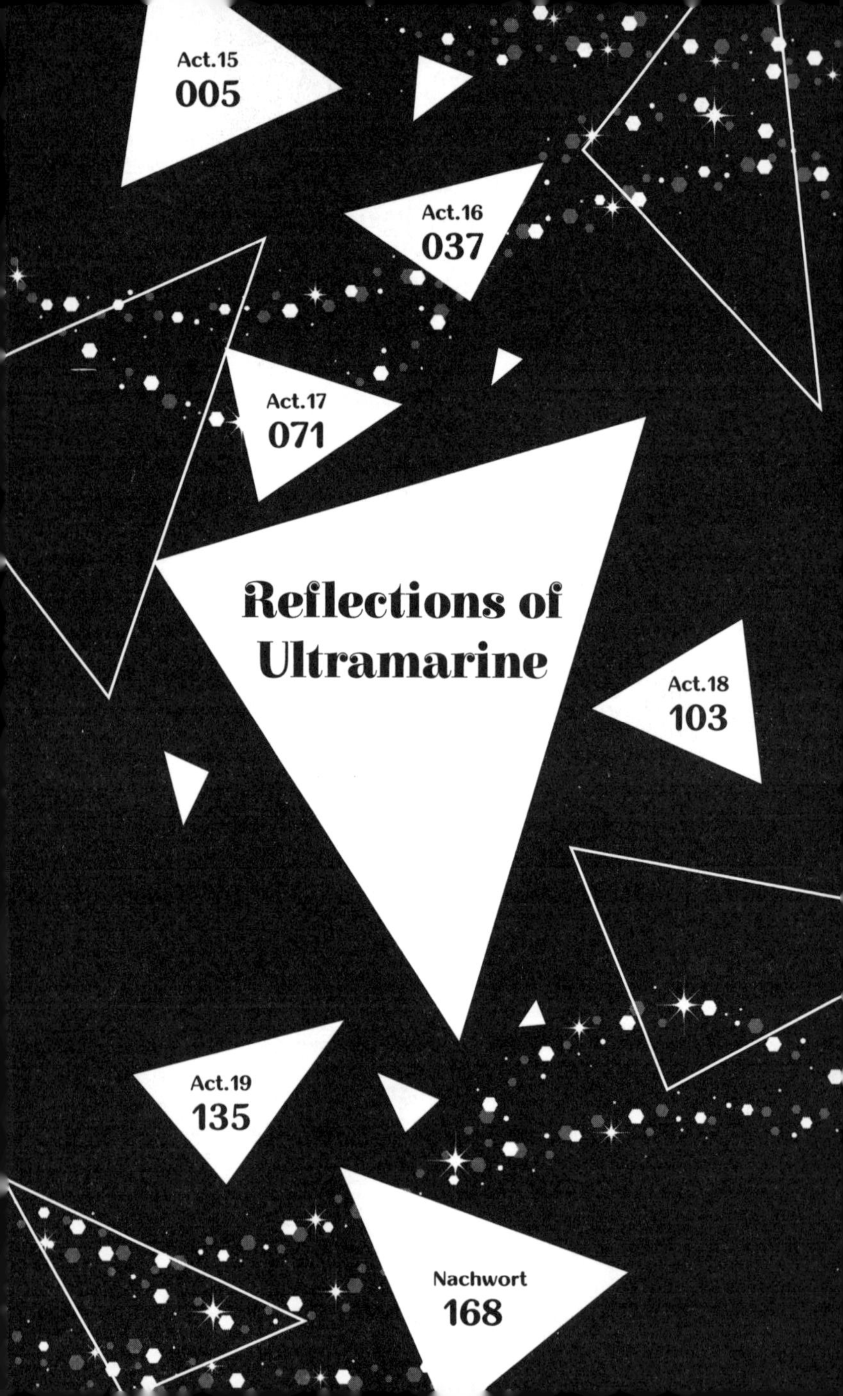

Reflections of Ultramarine

Reflections of Ultramarine
Act.15

Über die Coverillu von Kapitel 15 & mehr

※Vorsicht! In diesen Kolumnen spoilere ich mitunter urplötzlich und erbarmungslos drauflos, also lest lieber erst das Kapitel!

In Kapitel 14 waren ja nur hier und dort Geigen zu sehen, aber dieses Mal konnte ich die Figuren endlich richtig auf ihnen spielen lassen! ♡ (Lach) Vor ewig langer Zeit habe ich mal eine Geschichte über ein Mädchen gezeichnet, das Geige spielt. Vielleicht hat es die eine oder andere von euch also bereits vermutet ... Ja! MYPN liebt Saiteninstrumente! Auf der Highschool bin ich sogar der Musik-AG beigetreten, weil ich vorhatte, als Mangaka irgendwann welche zu zeichnen.

Aber gelernt habe ich Klavier. (Lach) Ungefähr zwölf Jahre lang.

Es geht einfach nicht!
Ich kann mich nicht auf beide Hände gleichzeitig konzentrieren!
Da DLO von einer Musik-AG an der Schule handelt ...
... können alle Figuren natürlich auch Instrumente spielen.
Im Grunde tun wir zwar nur so als ob ...
... aber Bogen und Finger müssen schon korrekt bewegt werden ...
... was ganz schön schwierig ist.
Die Szenen werden später mit Tonaufnahmen von richtigen Musikern unterlegt.
Mein armes Kinn ...
Ich brauch eine Pause.
Nein, lasst uns noch weiterüben.
Das waren gerade mal fünfzehn Minuten.

Ich bin aber erschöpft!
Wir wurden gestern noch bis spät interviewt.
Es ist für alle gleich hart.
Nein.
Ich fürchte, das stimmt nicht ...
Tut mir leid.
Ich hab außer den Dreharbeiten nicht viel zu tun.
Ihr habt eure Shootings, Konzerte und, und, und. Das stell ich mir hart vor ...
Ah!
Es ist kein Tee mehr da.
Ich mag keinen Saft. Der macht dick.
Aber neben der Treppe ist ein Automat, oder?
Sorry, Koharu. Kannst du mir da was kaufen?
Ja?
Bütte. ♡

Wie süüüüß!!
Kein Wunder, dass alle sie lieben!
Klar!
Was darf es sein?
Ist in Spendierlaune
Das musst du nicht machen.
Sie sind ganz schön verwöhnt, Frau Takase.
ズキュウウウ
Tschupp
Britzel
Ah!
Ah!
Spüre ich da …
… Spannungen zwischen unseren beiden Hauptdarstellern?
Schon gut! Dann üben wir halt! Bist du jetzt zufrieden?
Wo bleibt überhaupt unser Lehrer ?!
Er ist viel zu spät!
Guten Morgen!
Wir machen erst mal das, was geht …
Sie sind heute schon die ganze Zeit so …

Ren!
Warum ist hier so ein Lärm?
Man hört euch bis drau-ßen.
Mor-gen.
Du kommst heute aber spät.
Ja.
Ich hatte noch ein Interview für eine Zeit-schrift.
Sein Scheitel ist an-dersrum!
M...
Morgen ...
Uwah ...
Prompt denke ich wieder an neulich ...
Kann es sein ...
... dass er noch mehr strahlt als sonst?
Hey.
Oder bilde ich mir das nur ein??

Guten Tag?

Schön, euch wiederzusehen?

Es ist doch … ein Wiedersehen, oder? (Lach) Was, wenn jemand von euch wider Erwarten zum ersten Mal zu einem Manga von mir gegriffen hat? (Lach) Die- oder derjenige wird dann ja mitten ins Geschehen geworfen. Obwohl, das hat vielleicht auch seinen Reiz. (Jedem, wie's gefällt.)

Ich bin immer noch die alte stinknormale MYPN. Und für diesen Band habe ich mir sogar ein paar Themen zurechtgelegt.

Eins belangloser als das andere … (Lach)

Also würde ich mich freuen, wenn ihr vielleicht ein paar freie Minuten findet, um auch den Randspaltentalk zu lesen und zu denken: »Ach, MYPN lebt auch nur ihr Leben.«

Heute geht es um:

- Fahrräder
- Pyjamas
- Handys und
- Portemonnaies

Mit anderen Worten, ihr bekommt die volle Ladung Alltag von mir?

Auf geht's??

Uwah …
Er benimmt sich wie immer.
Völlig cool

Dann bin ich wohl die Einzige, die nicht weiß, wie sie sich verhalten soll …
Übt ihr noch?
Wo ist der Lehrer?
Sein anderer Job dauert länger.
Er verspätet sich.
Hm
Okay.
Manno! Ich brauch jemanden, der mir zeigt, wie's geht!

Womit hast du denn Probleme?
Hm?
Bei diesem Stück …
Gib mal kurz her.
Klack

Hä?
...!
So ...
... in etwa.
Ren! Sag bloß, du kannst Geige spielen!
Wahnsinn!!
Ich musste als Kind alles Mögliche lernen ...
Englisch, Turnen, Schwimmen ...
Und Klavier.
Auch wenn ich in DLO Kontrabass spiele ...
Du musst nicht mit Gewalt schnell spielen. Ein Ton nach dem anderen, dann klappt's.
Los, probier's mal.

Okay ...
Genau.
Lockere deinen Griff ...
... und spiel ganz entspannt.
Ja, so ist's gut.
Sag mal ...
... sind wir uns schon mal begegnet, Ren?
Hm?

Äh ...
Ja.
Vor einer Weile, bei einem Werbespot-Casting.
Der von Marine Breeze, oder?!
Dann warst das tatsächlich du!
Waah!
Oh!
Bei dem Casting war ich au...
Ich kann mich noch totol gut an dich erinnern!
Ich ...
... war auch ...
Ich dachte, du wirst mein Drehpartner, aber dann war's jemand anderes.
Ich hätte den Spot ja viel lieber mit dir gedreht!
Kyah!
Kyah!

Nanu ...?
Auf einmal verste-hen sie sich ...
Ich geh doch mal was zu trinken kaufen.
Soll ich für dich gehen?
Nein, nicht nötig!
Bin gleich zurück.
Ren freut sich be-stimmt auch ...
... wenn ein süßes Mäd-chen ihm Komplimente macht.
Klonk
Sie ist ja auch verdammt hübsch ...
Klar freut er sich da.

Heute Nachmittag haben die beiden ihre Kussszene ...
...
Hey, es ist nur ein Job!
Oh!
Ko-haru?
Hallo!
Herr Sawaki!
Guten Tag!
Und?
Wie läuft der Dreh?
Gut.
Die Arbeit macht mir viel Spaß!
Ich mache zwar noch viele Fehler ...
... aber alle sind sehr nett und erklären mir eine Menge.
Ha!

... als Schau-spielerin kan ich dir nur rate dich zu ver-lieben.
Er ist wirklich gut ... ... oder?
...
Herr Sawaki ...
Ja?
Glauben Sie ...
... dass Ren schon mal verliebt war?!
Wie bitte?!
Als ich ihn neulich gefragt hab, hat er mich abgewim-melt.
Sie hat ihn gefragt ?!
Lustiges Mädel!
Tja ...
Ich denke schon ...
Über so was redet er aller-dings nie.
Zumal er in der Mittelstufe zwei Jahre im Ausland war ...
Oh, er hat also Er-fahrung ...

Vielen Dank!
Verbeug
Äh, klar.
Er hat Erfahrung …
Alles okay?
Ko-haru?
Ups
Ich hätte wohl besser nichts gesagt.
Ich hab mir noch nie Gedanken darüber gemacht.
Natürlich ist Ren beliebt.
Aber dass er sich auch in ein Mädchen verlieben könnte
…
Es geht weiter …
… mit Szene 13!
Ich will, dass die Kussszene sexy wird, klar?
Mann, Opa …

Und ...
... Action!
Ich ...
... wünschte, ich hätte mich in dich verliebt, Keita.
Warum sagst du so et-was?
Ver-zeih ...
Yuki ist zwar mein Freund ...
... aber wenn du das sagst ...
... kann ich mich auch nicht länger zurück-halten.

Domm
Wa- kaba ...
Warte ...
... Keita!
Nich...
... Zu spät ...

Hm ...
Herr Regis-seur!
Ihr Ein-satz ...
Ähm ...
Ah!
Cut!
In Ord-nung!

Gut gemacht, ihr bei-den!
Alles okay?
Äh ...
J...
Ja.
Okay, bis dann.
Wow ...
Total abge-klärt.
Starker Typ.
Bei der Probe hat er sie nur kurz geküsst.
Und jetzt das!
Hut ab ...
Profi durch und durch.
Räumt bitte alles auf!
Als Nächstes ist Frau Shibu-sawas Szene dran.

Ich konnte ...
... kaum hinsehen.
Warum verstecke ich mich?
War so ein Reflex ...
Ren hat so überzeugend gewirkt ...
... als wäre er wirklich in Airi verliebt.
Ich meine, so sollte es natürlich auch sein.
Es so echt aussehen zu lassen, ist eine ziemliche Leistung.

Bei Kei habe ich mir nie irgend-was dabei gedacht …
… aber im Mo-ment …
… bin ich total verwirrt …
… glaub ich.
Was ist das nur?
Hiragi …
Wo warst du?

Ich hab jetzt ein Fahrrad? 2

Ich habe mir zum ersten Mal, seit ich vor 15 (?) Jahren meine erste eigene Wohnung hatte, wieder ein Fahrrad gekauft.
Grund dafür war eigentlich, dass eine meiner Katzen krank geworden war und ich ein paarmal mit ihr in die Tierklinik fahren musste. Aber kurz darauf war sie bereits vollständig genesen, und das Fahrrad hatte gleich wieder ausgedient. Natürlich war ich erleichtert, dass es meiner Katze wieder gut ging, doch um das Fahrrad war es wirklich schade. Also nahm ich mir vor, jeden Tag eine Stunde damit zu fahren, irgendwohin, so weit ich komme und wieder zurück. Da ich schon längere Zeit keinen nennenswerten Sport mehr getrieben hatte, wollte ich dadurch eigentlich ein bisschen abnehmen, doch dann merkte ich, dass meine Beine durchs Radfahren muskulöser und dadurch sogar dicker wurden. Da musste ich lachen. (Lach)
So war das eigentlich nicht gedacht?

V...
Verzeihung ...
Oh!
Da bist du ja.
Komm rein!
Hallo.
Hm?
Ryoga ist auch hier?
Danke für heute!
Äh ...
Hab ich was angestellt?!
Nein, ich will euch nur was sagen ...
Nächste Woche drehen wir ja die dritte Folge.
Und es wurde beschlossen, dass Yuki und Rino auch eine Kussszene bekommen!
Hier ist das Drehbuch! Frisch eingetroffen!
Die Mittwochsserie
Die letzte Ouvertüre
Folge 3: Endfassung

Die ist zwar nicht im Manga …
… aber wir brauchen mehr Drama!
Hä?!
は
Glotz
Also erwarte ich von dir, dass du dein Bestes gibst, Koharu!
Hä?!
Wird das deine erste Kussszene?
Hier, das Drehbuch!
Da du dich sicher mental darauf vorbereiten musst, wollte ich dich lieber vorwarnen.
Hä?!
Überlass am besten einfach alles Ryoga.
Das wird schon! Keine Angst!
Ha ha ha!

J...
Ja, klar!
Ich geb mein Bestes!
Häääääää?!?!
Ha ha ha!
...
Haah ...

Die letzte Ouvertüre
10
Die letzte Ouvertüre
Was jetzt ...?
Nicht, dass ich eine Wahl hätte ...
Im Manga hat Rino erst kurz vorm Ende eine Kuss-szene.
Ich dachte, das kommt in der TV-Serie gar nicht mehr vor.
Oh, stimmt.
Ich war viiiel zu blau-äugig ...
Sorry, Ren.
Du musst ja noch drehen.
Schon okay.
Nicht sehr pro-fessionell ...
... deshalb so ein Theater zu ma-chen.
Make-up
Duschen

Ist ja eine große Chance für mich.
Also sollte ich dankbar dafür sein, richtig?!
Streng genommen ist es ja Rinos Kuss!
Schön für sie! Sie ist ja in Yuki verliebt.
...
Aber ...
... trotz-dem ...
... bin ich nun mal ein Mädchen ...
... und hab davon geträumt ...
... meinen ersten Kuss mit jemandem zu teilen, den ich liebe.
Ha ha

ぽん
Patt
...
Ich wünschte, ich hätte die Szene mit dir spielen können, Ren.

Ups
...

Hab …

… ich das …

… etwa laut gesagt?!

Pfft!
Was redest du da?
Soll das heißen, du bist in mich verliebt?

Ver ...
Ich wollte ihn besser kennen-lernen.
... dass du dich für diesen einen Moment wirklich in mich verliebst!
Ein ein-ziges Wort von ihm genügt, um mich traurig zu ma-chen.
Und ich konnte bei seiner Kuss-szene vorhin kaum hin-sehen.
Keine Angst.
Ich hab mich gefreut, wenn er nett zu mir war.
Jetzt weiß ich, warum ...

Ren,
ich
...
...
bin in
dich
...

Act.16

Reflections of
Ultramarine

Über die Coverillu von Kapitel 16 & mehr

Das Titelbild wurde, nachdem ich es eingereicht hatte, stark getrimmt. Als ich später die fertige Seite sah, wusste ich erst nicht so recht, was ich davon halten soll, doch da die Farben ziemlich schlicht sind und die Figuren in der ursprünglichen Version relativ klein waren, vermute ich, dass man das Motiv irgendwie besser zur Geltung bringen wollte. Nachdem ich mir das Ganze so erklärt hatte, schwankte ich ein wenig zwischen Dankbarkeit und schlechtem Gewissen.

Auf dem Bild sind die Mädchen in ihren privaten Pyjamas zu sehen, alle, bis auf Koharu.

Nächstes Mal zeichne ich ein Motiv, das mehr hermacht?? (Lach)

Die bevorzugt privat nämlich die etwas wildere Variante aus Tanktop und kurzen Hosen. So wie in Kapitel 12.
Sexy sieht sie aber auch darin nicht aus. (Lach)

Ren …
… ich bin in dich …
Warte, Airi!
Hä?

Lass los!
Ich hab dir doch gesagt, hör auf ...
... dich so aufzuführen wie vorhin.
Was geht dich das überhaupt an, Ryoga?!
Hm?
Ryoga und Airi streiten ?!
Hey ...
... ihr zwei!
Drehen sie etwa *hier* ?!
War das im Skript ?!
Und wo ist die Kamera?
Hast du ihre Namen nicht gehört?
Das ist nicht gespielt!

Ihr seid ganz schön laut.
Hier kommen Leute vorbei.
Seri-zawa …
Wupp
Ich muss zu meinem nächsten Job.
Zack
Äh …
Hm?
Hm?!

Äh …
Euer Streit eben …
… klang ziemlich vertraut.
Äh …
Kann es sein …
… dass ihr beide …
…
Ja, wir waren mal ein Paar.
Früher …
Hä?

Häääää?!
Ohne Scheiß?!
I...
Hä?!
Im echten Leben?!
Wahn-si...
Ja?!
がし
Dosch
Wow!
Halt doch mal kurz die Klappe.
Und jetzt?!
Yafoo! Nachrichten
News
Stars
Sport
Finanzen
Aber, aber, die zwei ein Paar!
Das wäre die Top-News auf Yafoo!
Eine Sensation!!
Na, das ist jetzt ohnehin Geschichte.
Oh?
Ach, stimmt. Er sagte »waren«.

Ab...
Da bist du ja ...
... Ryo-ga!
Mensch, wo bleibst du denn?!
Wir drehen gleich!
Na ja, so sieht's aus.
Ihr braucht euch also keine Gedanken zu machen.
Beeilung!
...
Ich frag mich, warum sie sich getrennt haben ...

Bei Ryoga ...
... hatte ich ...
... den Eindruck, als sei er noch in Airi verliebt.
...
Na ja ...
Sie werden schon ihre Gründe gehabt haben.
Aber welche ...?
Misch dich da nicht ein!
Du übertreibst immer gleich!
!!
...
Ihre Gründe ...

Fahrrad – Teil 2

Am Oberkörper nimmt man durch Walken auf jeden Fall leichter ab. Wenn ich ein Sportbike hätte, wäre das vielleicht etwas anderes, aber da mein Fahrrad ein normales Citybike ist, hat mein Oberkörper beim Fahren in der Regel wenig zu tun.

Zu viele Beinmuskeln möchte ich übrigens auch nicht aufbauen, deshalb wechsle ich in letzter Zeit immer zwischen Radfahren und Walking ab. Aber, wow, auf dem Rad kann man wirklich weite Strecken zurücklegen. Ich bin immer wieder erstaunt.

Da ich keinen Führerschein besitze, bin ich durch mein Bike seit Langem mal wieder mobil, was ein ganz ungewohntes Gefühl ist und richtig Spaß macht. Um diese Jahreszeit (Ende April) sind auch die Temperaturen ideal und es grünt überall so schön, also werde ich die Wochen bis zur Regenzeit und der anschließenden großen Hitze noch nach Herzenslust draußen herumradeln.

Das war also die Geschichte davon, wie meine Katze mir zu einem neuen Hobby verholfen hat. ✿

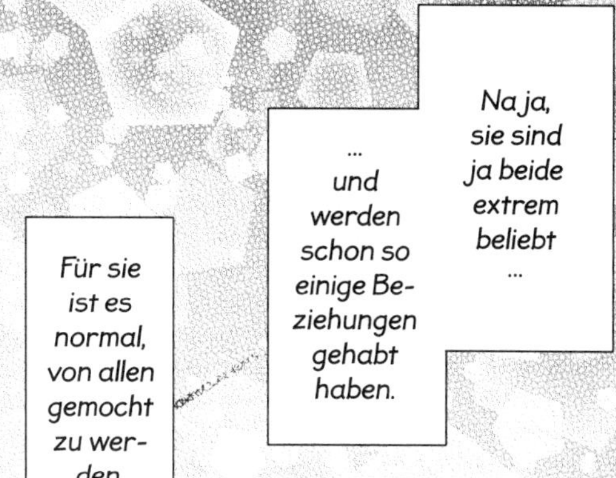

Oh!
Da kommt sie!
Hier drüben, Koharu!
Lang nicht gesehen, Mädels!
Ja!
Und du drehst auch gerade, Risa?
Genau.
Aber nur 'nen TV-Film.
Oh!
Du hattest ewig nicht mehr frei, oder?
Und?
Was jetzt?
Ich will erst mal was Kaltes trinken!
Kommt!
LIVE
Das sind doch SPRIZE!

Ist das live?
Echt cool, der neue Song.
Wann wird das ausgestrahlt? Im Oktober?
Du drehst doch zurzeit mit ihrem Leadsänger Ryoga Arisaka, oder, Koharu?!
Ist der in echt auch so cool?!
Ja!
Ist er.
Du hast's gut! Umgeben von heißen Typen!
もやもや
Grübel
Stellt euch vor! Morgen hab ich mit Ryoga eine Kussszene!
Und habt ihr gewusst, dass er mal mit Airi zusammen war?!
もやん
Grübel
Grübel
Ich hätte ihnen so viel zu erzählen!
Aber ich darf nicht ...
Slrrrp
Ach ja! Bevor ich's vergesse.
Hört mal zu.
Oh!
Was denn?

Nun ja, ich hab ...
... jetzt einen Freund! ♡
Waaas ?!
Wirk-lich?!
Hi hi hi! ♡
Hört, hört!
Los, Einzel-heiten!
Jepp. ♡
Na ja, an sich hab ich mich nur wieder mit meinem Ex-Freund versöhnt. ♡
Mit ihrem Ex-Freund ?!

Wir waren mit anderen Leuten unterwegs ...
... und auf dem Rückweg ...
Was war da?!
Da ist aber jemand neugierig.
Er hat mich zum Abschied geküsst ...
... und da wusste ich, dass er doch der Richtige ist. ♡
Aaah! Wie romantisch ist das denn?!
Ich freu mich so für dich!
Hat er dir die ganze Zeit nachgetrauert?
Mag sein.
Und es ist doch auch rührend ...
... wenn man erfährt, dass der andere noch Gefühle für einen hatte.
Ach ja.
Du bist leicht zu beeindrucken, Yurina.
Hey!
Das war gemein!

Mit dem Ex-Freund ...
...
XX. (Sa.) Drehplan

Heute hat sie ihre Szene.
Ob sie das packt?
ばん!
Wumms
Guten Morgen!
Hey.
Uwah!
Ren!
Hm?
So gut drauf?
W... Wie peinlich ...
Erinnert sich wieder an neulich ...
Ach ... Übrigens!
Weißt du, wo Ryoga ist?

Hä?
In Studio A, oder?
Ich schau mal nach.
Mo...
...ment! Warte!
Badumm
Was hast du?
Du sollst dich doch nicht einmischen.
Aber ...
Ich hab gestern was gehört, das ihn freuen wird ...
Ich will's ihm nur sagen!
Es geht dich nichts an!

Warum sagst du so was?
...
Ist Liebe wirklich ein Gefühl ...
... das man so schnell aufgeben kann?

Vielleicht ist es wirklich nicht mein Problem.
Aber wenn es noch Hoffnung gibt …
… möchte ich die beiden irgendwie unterstützen!
Du bist schließlich derjenige …
… der mir beigebracht hat, was Liebe ist!

...
Mach doch, was du willst.
Du hörst eh nicht auf mich.
Keine Sorge!
Ich geb mein Bestes!
...

Oh!
Da ist er!
Ryoga!
Nanu?
Übst du ganz allein?
Heut musst du doch gar nicht spielen.
Ja, schon.
Aber ich konnte gestern schon nicht üben.
Sicher, weil er einen anderen Job hatte ...
Wow ...
Was ist?
Fängt die Probe schon an?
Ah!
Also ...

Eine Freundin hat mir erzählt …
… dass sie vor Kurzem …
… wieder mit ihrem Ex-Freund zusammengekommen ist!
Sie sagt, es hat sie berührt, dass er noch Gefühle für sie hatte.
Sie sah total glücklich aus!
Okay …
Freut mich für sie. ?
Er weiß gar nicht, was ich von ihm will!
Da fällt mir ein, er hatte mich ja auch gar nicht um Rat gefragt.
Aber …
… andererseits …
Darum hab ich dir gesagt …
… du sollst dich nicht einmischen!
Oje, ich hör schon Rens Stimme.
Ähm, was ich sagen will, ist …

... wenn du noch mal mit Airi reden würdest ...
... besteht bei euch beiden vielleicht auch noch Hoffnung!
Hä hä ...
Nur so ein Gedanke ...
Ach ...
... darum geht's.
Und dafür hast du mich extra gesucht?
Uh ...
Keine Sorge.
Ich will mich gar nicht versöhnen.
Wir haben uns ja nicht mal gestritten.
Hä ...?
Und warum habt ihr euch dann getrennt?

Hm ...
Kurz gesagt ...
Wir waren einander nicht ebenbürtig ...
... denke ich.
Nicht ebenbürtig ...?
Wir waren früher auf der derselben Mittelschule.
ittelschule

Du bist doch in meiner Parallelklasse, oder?
Oh! Takase!
Eines Tages haben wir uns zufällig getroffen, kamen ins Gespräch und wurden Freunde.
»Willst du meine Freundin werden?«
»Ja ...«
Wie, du bewirbst dich auch für diese Highschool?
Ja, zwei Doofe, ein Gedanke!
Anfangs haben wir uns gegenseitig angespornt ...
... aber ich bekam einfach keine Jobs ...
... während ihre Agentur sie extrem gepusht hat.
Und auf einmal war sie ein Star.
TV
Airi Takase
Generation

Ich hab jetzt einen Schlafanzug?

Was zieht ihr eigentlich zum Schlafen an? Ich trage für gewöhnlich ein langärmeliges Baumwollshirt und Jogginghose, die mir gleichzeitig auch als Hausklamotten dienen (= Arbeitsoutfit). Wenn ich nicht aus dem Haus muss, habe ich also rund um die Uhr dasselbe an. Jedenfalls war das in den letzten zehn Jahren so. Es ist die Art Outfit, mit der man gerade noch vor die Tür gehen kann. (Ein Trip zum Convenience Store ist allerdings das höchste der Gefühle.)

Doch im Herbst letzten Jahres bekam ich auf einmal Lust, mir einen Schlafanzug zuzulegen.
Was war noch mal der Grund dafür? Ich kann mich nicht erinnern.

Aber da ich im Winter immer mehrere Lagen Klamotten übereinander trage, schob ich den Kauf erst einmal auf. Doch jetzt im Frühling 2019 war endlich die Jahreszeit zum Pyjamakaufen gekommen. Und genau das habe ich getan?
Bei GU*?? (Lach)

11. November
Sorry, ich muss morgen doch arbeiten. 22:35
»Sorry, ich muss morgen doch arbeiten.«
»Ich hab die Hauptrolle in einer TV-Serie bekommen!«
»Heute schaffe ich es nicht mehr zur Schule.«
»Ab dem 12. läuft ein neuer Werbespot mit mir! Schau ihn dir an, ja?«
»Gib du auch dein Bestes, Ryoga!«

* Mode-Discounter.

»Tut mir leid, Airi.
Lass uns Schluss machen.«
Danach konnte ich zwar mein Banddebüt geben.
Aber Airi hasst mich vermutlich längst.
A…
Aber …
Du bist jetzt doch super erfolgreich!
Du kannst singen, tanzen …
… und bist ein guter Schauspieler!
Äh …

Man wirft mir vor, immer dieselben Rollen zu spielen ...
... und in zu vielen Manga-Adaptionen mitzumachen.
Oh, ein Selbstgoogler!
Das heißt doch nur, dass du deine Nische gefunden hast!
Und trotz all der Arbeit zeigst du nie, wenn du müde bist.
Du bist freundlich zu allen Kollegen.
Und sogar zu mir!
Klack
Dass du inzwischen genauso beliebt wie Airi bist ...
... liegt doch daran ...
... dass du so unermüdlich dafür geschuftet hast.

Einen Jungen wie dich ...
... würde ganz bestimmt kein Mädchen ablehnen!

Na ja ...
Das muss ich dir sicher nicht sagen.
Jeden-falls ...
Wenn du noch mal mit Airi ...
Du bist wirklich ...
... anders als andere Mädchen.
Dafür, dass du diesen Job machst, bist du noch so herrlich un-verdorben.
Hä?

Ryo...

Wollen wir ...
... vor unserem Dreh ...

... ein wenig üben?

Act. 17

Über die Coverillu von Kapitel 17 & mehr

Bei diesem Kapitel bin ich ganz schön an meine Grenzen gekommen. Das erste Kapitel war zwar bisher das schlimmste, aber dieses kommt direkt danach oder ist sogar gleichauf. (Lach)

Das war alles andere als zum Lachen. (Lach)

Beim Titelbild war ich noch nicht unter Zeitdruck, deshalb hat mir das Zeichnen Spaß gemacht. Koharu fürchtet sich zwar vor der Dunkelheit, aber hohe Orte mag sie bestimmt. Da die Mädchen zu den Dreharbeiten genau wie die Jungs Uniformen mit Blazer tragen, vermisse ich es, Matrosenkragen zu zeichnen. Darum ist Koharu hier mit Matrosenkragen zu sehen. Ich mag zwar eigentlich lieber Schuluniformen mit Blazern, aber die Uniform der Funakoshi-Privatschule gefällt mir.

Üben?
Stimmt!
Heute haben wir unsere Kussszene!
Oh! Verstehe ...
?
Dieser Blick ...
Ryoga macht sich Sorgen, ob ich das hinkriege!
Wie peinlich!
Ist schon okay! Danke!
Na ja ...
Ich bin zwar blutige Anfängerin ...
... aber ich geb mein Bestes!
O... Okay.
...

Weißt du …
Ich bin auch in jemanden verliebt …
… wenn ich …
… ehrlich bin.
Aber anders als bei dir und Airi …
… kann ich ihm wirklich nicht das Wasser reichen.
Ich frage mich, ob sich das je ändern wird.

Aber vielleicht wird es das irgend-wann …
Also gebe ich bis dahin einfach mein Bestes, oder?

Wartera
...
Also
...
...
lass uns
beide unser
Bestes
geben!!
Ähm,
wie
gesagt
...

Mein Schlafanzug Fortsetzung

Es ist einer aus Satin, in Weiß (?) oder Off-White (?) mit einem offenen Kragen. Und ich habe festgestellt: So ein Schlafanzug ist sogar zehnmal besser, als ich mir vorgestellt hatte! Man gibt sich sozusagen das Signal »Hey, jetzt wird geschlafen!«. Weil Satin so schön glatt ist, habe ich auch das Gefühl, dass ich mich im Schlaf jetzt viel leichter auf die andere Seite drehen kann. Während der Arbeit an einem Mansuskript ist aber nach wie vor mein altes System im Einsatz, weil dann die Zeit viel knapper ist. (Lach)

Das letzte Mal, dass ich einen richtigen Schlafanzug mit Knöpfen hatte, muss auf der Mittelschule gewesen sein, wenn ich ganz tief in meinem Gedächtnis krame. Oder war das sogar noch im letzten Jahr der Grundschule? Ich mag jedenfalls dieses Gefühl, sich mit aller Kraft entspannen zu wollen, das so ein Schlafanzug vermittelt.

Ich glaube, das will ich mir zur Gewohnheit machen.

Jetzt zu Szene zehn!

Fertig!
Und ... Action!
Yuki!
Wakaba hat mir von deinem Arm ...
... erzählt!
Ist schon wieder gut.
Nein, ist es nicht!
Du hast so hart geschuftet!
Ich an ihrer Stelle ...
... würde nicht von deiner Seite weichen!

Cut!
Hm ...
Koharu, du bist leider immer noch zu verkrampft!
Rino ist schon lange in Yuki verliebt.
Sie freut sich, obwohl sie weiß ...
... dass sie sein Herz nicht erobern kann.
Ja ...
Tut mir leid.

Äh …
Und wenn sie nur so tun als ob?
Hm, aber …
… das fällt am Ende auf.
Es muss echt wirken.
Tuschel
Der Regisseur ist echt pingelig.
Tuschel
Der wievielte Take war das?
Er kann da doch einfach ein bisschen tricksen.
Hört auf!
Dass die Filmcrew auf einer jungen Schauspielerin rumhackt, ist einfach ärmlich!

Frau Shibusawa ...
Ziehen Sie einfach meine Szene vor.
Das Set bleibt doch gleich, oder?
Und du ...
... solltest dich zusammenreißen, wenn du eine Schauspielerin sein willst.

Und es geht noch weiter? (Schlafanzug – Fortsetzung) 6

Bei der Arbeit würde ich übrigens niemals einen Schlafanzug tragen. Das ist für mich ein No-Go. Hab ich bisher auch noch nie gemacht (glaub ich). Im Pyjama könnte ich nicht in den Arbeitsmodus umschalten, es muss schon mindestens ein Jogginganzug sein.

Ich bin seltsam. (Lach)

Momentan überlege ich übrigens, ob ich mir auch noch einen Bademantel anschaffen sollte. (Lach) Es widerstrebt mir nämlich immer, nach dem abendlichen Bad, wenn die Haut noch ein wenig feucht ist, in meinen Pyjama zu schlüpfen. Deshalb hätte ich an der Stelle gern noch einen Bademantel als Zwischenschritt.

Aber gibt es mit Blick auf das Trocknen nach dem Waschen ein lästigeres Wäschestück als einen Bademantel?

Höchstens noch Handtücher. Ich brauche fluffige, die schön groß sind. (Lach) Ich werde wohl noch eine Weile über dem Thema brüten, bevor ich mich für oder gegen einen Bademantel entscheide. (Lach)

Ja ...
Haah ...
Ich bin die totale Loserin ...
Ich wollte das auch gern so cool machen wie du.
Träum weiter.
...

Ich bin so frus-triert!
Ich be-komme es einfach nicht so hin, wie ich will.
Auch wenn ich gesagt habe, ich würde mein Bestes geben ...
... erstarrt mein Körper im entschei-denden Augenblick zu Eis.
Was kann ich nur dagegen tun?
...

Na ja ...
Bei solchen Szenen muss man sich in das Gefühl hineinver-setzen.
Die Leute von der Film-crew haben dir nicht ernst-haft Vorwürfe gemacht.
...
Okay ...
Aber ...

... wenn du mal mit mir »auf einer Augenhöhe« sein willst ...
... kannst du es dir dann leisten, an so einer Hürde zu scheitern ?
...!
Hä ?!
R...
Ren!
Hast du das mit angehört?!

...
Ren
...
Wenn
Also,
wenn
...
...
du mich
nur ein
klein wenig
leiden
kannst,
dann
...

... küss ...
... mich bitte.

Ich glaube ...
... dann könnte ich jeden Job schaffen ...
... ganz egal, was in Zukunft noch von mir ver-langt wird.

Ä...
Ähm ...
Ich weiß, was ich dir damit abverlange ...
... und dass ich es mir damit ganz schön leicht mache.
Also, wenn du nicht willst, ist das nat...
Zuck

Ren
...
Flatter

Und?
Meinst du,
du schaffst
es jetzt?

...
Ja ...!
Ich hab nicht gewusst ...

... dass man so glück-lich sein kann ...
... dass es förmlich wehtut.
Ich ...
... bin in Ren verliebt.

Ich liebe ihn!
Cut!
Okay!

Diesmal war's gut!
Perfekt!
Na also!
Traurig und glücklich zugleich.
Vielen Dank!
Was ist in der Pause passiert?
Sie ist kein Welpe mehr, sondern ein Mensch.
Ren!!
...
Wie scharfsinnig

Frau Shibu-sawa!
Vielen Dank für vorhin!
Eben-so!
Es hat Spaß gemacht, dir zuzu-schauen.
Ich hab nur getan, was sich für einen Profi ge-hört!

Prompt auf Höhenflug!
Ätsch!

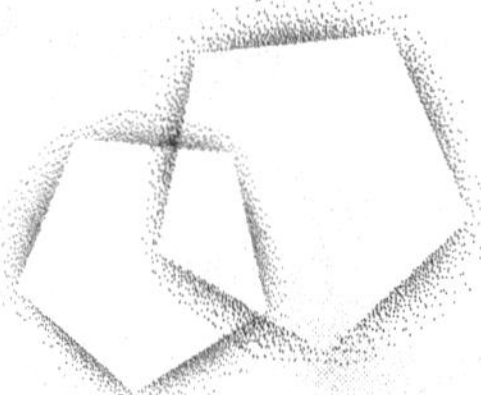

Act.18

Über die Coverillu von Kapitel 18 & mehr

Ehrlich gesagt kann ich mich kaum an dieses Titelbild erinnern ... υ (Lach) Ich glaube, ich hatte es vor mir hergeschoben und dann musste es am Ende noch ruckzuck gezeichnet werden.

Bei Drehbeginn konnte Ren noch nicht Kontrabass spielen, aber als Geigenspieler hatte er die richtige Technik bestimmt schnell raus. Gegen Ende hat er in seinen Szenen vermutlich ganz normal selbst gespielt. Ryoga konnte, fleißig, wie er geübt hat, am Schluss bestimmt auch einzelne Töne spielen. Bei Koharu und Airi war vermutlich Hopfen und Malz verloren. (Lach)

Ryoga ist ein (gemessen an meinem Zeichenstil) typischer Schönling, deshalb fiel es mir sehr leicht, ihn zu zeichnen. Airis superglatte Haare haben mir auch Spaß gemacht, aber ich musste mich ganz schön zusammenreißen, weil ich am liebsten hier und da ein paar Strähnen abstehen lassen wollte. (Lach) Vermutlich deshalb, weil Koharus Haare immer kreuz und quer in alle Richtungen abstehen.

Drehplan
Letzter Tag!
Die langen Dreharbeiten sind fast zu Ende.
Gute Arbeit, Koharu!
Danke, Herr Regisseur!
Wir Streber sind sogar vor Ausstrahlungsbeginn fertig geworden!
Ich bin traurig, aber auch erleichtert ...
... dass ich es bis hierhin geschafft habe.
Oh! Jetzt kommt ...
Szene dreißig!
Action!

Cut!
Das war ...
... Rens letzte Szene!
Vielen Dank.
Gute Arbeit!
War toll mit dir!
Danke, eben-so!

Endlich geschafft!
Klatsch
Jepp.
Wieder-sehen!
Vielen Dank!
Ihr versteht euch wirklich gut.

Bist du endlich mit ihm zusammen?
Ryoga!
Äh ...
Nein ...
Hä?!
Nach unserem Kuss ...
... hat keiner von uns den anderen gefragt, ob wir miteinander gehen wollen.
Auch wenn ich liebend gern wüsste, was Sache ist ...
Und Ren benimmt sich wie immer.
Hä?! Bist du blöd, mich so was bei der Arbeit zu fragen?!
Aber ich trau mich einfach nicht, ihn zu fragen.

Dabei wüsste ich zu gern ...
... ob er mich wirklich nur aus Hilfsbereitschaft geküsst hat.
Ich ...
... geh auch mal kurz mein Bestes geben.
Hä?
Herr Arisaka bitte!
Ich bin so weit!
Du bist ja so entschlossen, Ryoga!
Die letzte Szene! Hau rein!

Ryoga ...?
Fertig!
Und ... Action!
Bleib hier, Wakaba!
Lass mich los!

Nun denkt vielleicht die eine oder andere von euch, dass sich das Wäscheproblem doch erübrigen würde, wenn man den Bademantel gleich in der Waschmaschine trocknet. Doch die gute MYPN ist ein leidenschaftlicher Befürworter von Bottichwaschmaschinen* – und die haben keine Trockenfunktion. Und zwar deshalb, weil ich mit extrem hoher Wahrscheinlichkeit noch Wäsche hinterherstopfe, nachdem ich den Startknopf gedrückt habe. (Lach)

Nun ja, so viel zu meinen Outfit-Sorgen am Abend.

Nächstes Thema?

Ich habe mir ein neues Smartphone gekauft? Mein altes war am Ende, auch ohne dass ich was damit gemacht hätte, innerhalb von zwanzig Minuten auf fünfzehn Prozent Akkuladung runter. Also habe ich mir äußerst schweren Herzens ein neues geholt. Da ich von einem ziemlich alten Modell auf das allerneueste umgestiegen bin, hat mich zunächst der Preis überrascht? Für das Geld könnte man ja schon einen etwas besseren PC bekommen?

Übrigens ist es ein iPhone XS Max geworden. (Vorher hatte ich ein 6s Plus.)

* Bei dieser Art Waschmaschine, die in Japan sehr verbreitet ist, dreht sich der Wäschebottich um eine vertikale Achse.

Ich hab mir unnötige Gedanken gemacht …
… und einfach zu schnell aufgegeben.
Nanu?
Weicht er vom Skript ab?
Aber …
… nun habe ich endlich den Mut gefunden, mich dir zu stellen.
Vielleicht ist es jetzt schon zu spät …
… aber ich bin erneut bereit, um dich zu kämpfen.

Ich möchte für den Rest meines Lebens ...
... an deiner Seite Geige spielen.

…
Yuki, du Idiot!
Ich …
… hab …
… so lang …
… auf diese Worte gewartet!

Ich weiß ...
Ich liebe dich, Wakaba.
Ich lass dich nie wieder los.

Cut!
Das war prima!
Toll improvisiert!!
W... Wahnsinn ...
Damit sind die Dreharbeiten zu ...
... *Die letzte Ouvertüre* ...
... beendet!

Zum Wohl!
Jubel
Zum Wohl!
Die offizielle Feier folgt noch.
Ich freu mich schon!
Feier
Feier
Ich bring nur schnell die Blumen weg.
Airi!
Äh ...
Danke!

Komm bloß nicht auf dumme Gedanken!
Ich hab nur bei der Improvisation mitgemacht!
Ai...
Trotzdem!
Ich hab mich ...
... trotzdem gefreut! Danke!
...
Du hast dich nicht verändert, Ryoga.
...
Immer noch viel zu ehrlich, im guten wie im schlechten Sinne.

Du ...
... wirst es nie lernen!
Jetzt warte doch!

Das ...
... sieht doch schon mal ...
... ziemlich gut aus, oder?
Ein Glück!

Smartphones sind der Wahnsinn!

Bei dem neuen Smartphone hat mich die Bildqualität erstaunt! Was für schöne Fotos und Videos man damit machen kann! Ich hatte schon mit dem Gedanken gespielt, mir eine Spiegelreflexkamera zuzulegen, um Videos in schöner Qualität aufnehmen zu können. Doch genau dann gab mein Handy langsam den Geist auf, und da beides recht teuer ist, habe ich mich nach einigem Überlegen vorerst für das Handy entschieden.

Das war erst mal dringender.

Und dann stellte sich heraus, dass die Kamerafunktion so toll ist, dass sie für meine Zwecke völlig ausreicht! Die Spiegelreflexkamera werde ich also vermutlich erst kaufen, wenn mir meine Handykamera nicht mehr ausreicht. Übrigens kann ich jetzt auch endlich Apple Pay verwenden, was unglaublich praktisch ist. Anfangs habe ich im Convenience Store immer ewig damit rumgefummelt, aber inzwischen hab ich den Dreh raus! (Lach) Ich werde sorgsam mit meinem Handy umgehen, damit ich es nicht aus Versehen fallen lasse.

Meine Angst geht sogar so weit, dass ich am liebsten gar nicht damit aus dem Haus gehen würde. Wenn es mir trotzdem mal runterfallen sollte, heule ich bestimmt. Allein schon, weil es so teuer war … (Lach)

Wenn sie irgendwann wieder ein Paar sind, werden die anderen staunen!

Das wird die Sensation!

Ich finde das wirklich …
… total romantisch und inspirierend! ♡
Wie im Liebesfilm! ♡♡
Hm …
Und wir sind ihre Kollegen.
Zwei Schauspieler, die hin und wieder …
… zu Rivalen werden …
… sich aber trotzdem in den anderen hineinversetzen können.
Es ist schon toll …
… wenn der Mensch, der einem am nächsten steht …
… alles mit einem teilen kann.

Findest du?
Das ist also toll?
Hey!
Und ob das toll ist!
Grins くす
Jaja.
Badumm どき
Ren …
Ich bin ihm wie durch ein Wunder begegnet …
Badumm どき
… kann mich jetzt immer mit ihm unterhalten …
Badumm どき
Badumm どき
… werde für dieselben Projekte gebucht wie er …

... und kann so wie jetzt ...
... nach Dreh-schluss mit ihm nach Hause gehen.
Dabei könnte er sich auch von Herrn Sawaki abholen lassen.
Wenn sich noch mehr als das erfüllt, trifft mich noch der Schlag.
Badumm
Badumm
Badumm

I...
Ich ...
... möchte mit dir auch so eine Bezie-hung führen wie die beiden.
D...
Das wäre ...
... mein Wunsch.

Und du? Was ...
... empfindest du für mich, Ren?

Badumm
どきっ
Badumm
どきっ
...
Weißt du, wenn ich ...
... morgens aufwache ...
Hä?

... die Vorhänge öffne ...
... und die Sonne scheint ...
... dann sehe ich dein immer strahlendes Lächeln vor mir ...

...
und wünsche
mir, du wärst
bei mir.

Was ...
... willst du damit ...
... sagen?

Ich
liebe
dich.

Act. 19

Über die Coverillu von Kapitel 19 & mehr

Ich mag Koharus Gesicht auf dem Cover? (Auf dem von Kapitel 11 fand ich sie ja nur okay gelungen, also habe ich mich mit diesem Bild revanchiert. (Lach))

Dieses Mal bin ich nicht in Zeitverzug gekommen, deshalb lief die Arbeit am Manuskript sehr entspannt ab. Erinnert ihr euch, dass meine Redakteurin zu mir gesagt hatte, dass ich mit Kapiteln, in denen Herr Hikami auftaucht, immer früh fertig werde? Meistens trifft das tatsächlich zu ... glaube ich. (Lach) Aber die männlichen Charaktere nehmen beim Zeichnen auch schlichtweg weniger Zeit in Anspruch (vor allem die Pupillen), weshalb ich schneller fertig werde, wenn ein Kapitel hauptsächlich von ihnen handelt. Die strahlenden Augen und seidigen Haare der Mädels ✧ sind eben ziemlich aufwendig.
Da fällt mir ein, dass Herrn Hikamis Haare denen der Mädchen in puncto Aufwand in nichts nachstehen. Also muss es wohl doch die Liebe zu ihm sein, die mich beflügelt. (Lach)

Wow …
Du bist …
… auch in mich verliebt.
Findest du mich also süß?
Hä?
Und möchtest mich gern küssen?
Mo-ment mal!
Wie …?
Sagt man so was?!
Weißt du …
Als du die Kuss-szene mit Airi hattest …
… war ich neidisch auf sie!
Darum freu ich mich jetzt so!
Ich bin einfach nur total happy!
Schön für dich.

Ah!
?!
Das muss ich den anderen erzählen!
Am besten über die Chatgruppe, was?!
So wie Yurina! ♡
Hey! Moment mal!!
Wehe, du posaunst es herum!
Wir beide sind immer noch Schauspieler!
Ist dir das klar?!
Ja ...
Aber wenigstens in der Klasse ...
Nein!
Bis ich's dir erlaube ...
... sagst du niemandem ein Wort!
Waaas?!
Nicht mal Risa und Hayu?
Und Kei etwa auch nicht?!

Okay ...
Alles klar ...
Dröppe
Wenn wir unter uns sind ...
...
... kannst ...
... du ruhig ein biss-chen auf-drehen.

Hey, eine geheime Beziehung ...
... macht doch auch Spaß, oder? Das macht es noch besonderer.
?!
Poff
St...
Stimmt, du hast recht!!
Respekt, Herr Serizawa!
Kinderspiel ...
Und jetzt lass uns gehen.

Mein neues Portemonnaie 9

Ein neues Portemonnaie habe ich mir auch gekauft. Irgendwie handeln dieses Mal alle Randspalten von neuen Anschaffungen, die ich mir geleistet habe. Das ist zwar reiner Zufall, aber jetzt könnte man mich glatt für verschwenderisch halten.

Das täuscht?

Letztes Fahrrad → 15 Jahre her

Letzter Pyjama → 20 Jahre her

Letztes Handy → 3 Jahre her

Letztes Portemonnaie → 9 Jahre her

Also bin ich vermutlich gar nicht so verschwenderisch, wie es scheint. (Lach)

Im Gegenteil, ich benutze am liebsten alles, bis es kaputtgeht?

Aber um aufs Thema zurückzukommen: Ich habe mir in meinem Alter zum ersten Mal im Leben

ein großes Portemonnaie gekauft? Eigentlich bin ich eher jemand, der sein Portemonnaie in die Jackentasche steckt, egal, wohin ich gehe. Deshalb habe ich bisher immer nur diese kleinen benutzt, die man aufklappen kann.

Doch mein altes fiel nun schon fast auseinander. (Oder besser gesagt, der Knopf innen ließ sich nicht mehr schließen.)

Und als ich mir langsam ein neues zulegen wollte ...

Fortsetzung folgt ...

Entschuldigt den Cliffhanger? (Lach)

chrichten
seite > Unterhaltung > TV
Die letzte Ouvertüre
Traumeinschaltquote von 23,8 %!
10.
Im Oktober …
… begann die Ausstrahlung unserer Serie!
Trends
#DLO 35.432 Tweets
#DieLetzteOuvertu
#AiriTakase 25.745 Twee
#RyogaArisaka 946 Tweets
Hast du … gestern die Folge gesehen?
Ich mag die, die Rino spielt. Ihr auch?
Im Manga war sie nicht so nett.
Ja, total!
Die aus dem Video zu Planet Lights?
Koharu Hiragi heißt sie also …
Aha.

He he he!
Die Serie hat total gute Kritiken!
Ja, hab sie gestern verpasst.
Die letzte Folge war toll!
Guckst du sie grade, Risa?
Danke!
A-TV Mediathek
Hast du echt gedacht, Yuki würde sich mit dir abgeben?
Bild dir darauf bloß nichts ein!
Ooh!
Die intrigante Zicke spielst du aber gut!
Gacker
Oh ...
Da hab ich mich von dir zu Beginn des Schuljahres inspirieren lassen. ♡
Mampf Mampf
Ah!
Aua!
Hör auf, mich zu treten! Ich bin eine berühmte Schauspielerin.
Kick
Kick
War doch nur Spaß. ☆
Gyah!
Gyah!
Guten Morgen.

Kei!
Keigo!
Lange nicht gesehen!
Na ja, eher guten Tag.
Bist du denn jetzt fertig mit deinem Job?
Ja.
Das war hart, so ganz ohne Handyempfang.
Uwah!
Gut, dass du's hinter dir hast.
Was fällt dir ein …
… als Einziger die Sommerferien zu verlängern?
Und du, Koharu?
Du hast doch auch die ganzen Ferien über gedreht, oder?
War anstrengend, oder?

Ja!
Aber war auch toll!
Wir haben Instrumente geübt und ...
... an einer anderen Schule gedreht.
Ich hab dir ...
... so viel zu erzählen!
Ugh ...
Aber ich darf nicht!
Weder von Airi und Ryoga noch von Ren ...
Hey!
Nimm Keigo nicht in Beschlag!
Wir haben ihn auch ewig nicht gesehen!
Kneif~
Ha ha ha ...
Konno.

Hast du kurz Zeit?
Was gibt's denn?

Dass du mich ansprichst, geschieht nicht oft.
Sorry ...
... für den Über-fall.
Nein, ist doch okay.
Eure Serie hat gute Kritiken.
Und Koharu be-kommt jetzt sicher auch mehr Jobs. Das freut mich!
Ja ...
...
Oh!
Und? Hast du schon von ...
... Hi...
Ich finde ...
... ich muss es dir sagen.

Tut mir leid.

Hä?
Was denn ...?

Pack

Du musst dich nicht schämen.
Irgend-wie …
… hab ich geahnt …
… dass es so kommt.

Du musst dich nicht entschuldigen.
Koharu gehört ja nicht mir.
Es ...
... fühlt sich nur seltsam an, weil wir so lange beste Freunde waren.
Verzeih meinen Ausbruch.
Schon okay.
Nur eins noch ...
Koharu ist vermutlich nicht so naiv, wie alle denken.

Also gib bitte gut auf sie acht.
Da seid ihr ja!
Was macht ihr denn hier ?!

Koharu!
Unser Lehrer sucht dich, Kei!
Komm besser schnell.
Menno!
Du hast doch schon so viele Fehltage!
Sonst wird's brenzlig!!
Und du ...
... üb keinen schlechten Einfluss auf ihn aus, Ren!
Was?
Okay, ich muss noch mal zum Lehrerzimmer.
Geht ihr schon mal vor.
Wehe, du fehlst im Unterricht!
Ja.
Ich komme.
Es läutet doch gleich.
Ren, hast du zu Mittag gegessen?

88%
Herr Endo
Du hast die Rolle.
22:09
Das freut mich.
Vielen Dank!
Gelesen
22:11
Ich schick dir die
Details. Bitte kurz
22:15
ails zum Film
Geplanter Kinostart
Vorläufiger Titel: Snow White Land
Regisseur: Eiji Hikami
.,!? ABC DEF
GHI JKL MNO
PQRS TUV WXYZ
123 A/a ?! @/
#
ENTER

Mein Portemonnaie – Teil 2 [10]

... stellte sich heraus, dass zwei meiner Freundinnen zufällig das gleiche Portemonnaie in anderen Farben besaßen. Also redeten sie auf mich ein: »Los, Motchon (mein Spitzname), hol dir doch auch so eins!«, und meinten, dass die Marke wirklich gut sei. Mit zwei meiner engsten Freundinnen auf Teenager zu machen, indem wie die gleichen Dinge benutzen? Damit habe ich definitiv kein Problem! (Lach) Also hat MYPN noch am selben Tag zugeschlagen. Drei Tage später kam das gute Stück bei mir zu Hause an. Onlineversand sei Dank!

Das Design ist ohnehin nach meinem Geschmack, was natürlich auch eine große Rolle gespielt hat. Ich bin zwar schon lange erwachsen, aber vielleicht macht es mir auch gerade deshalb Spaß, die gleichen Dinge wie meine Freundinnen zu besitzen. (Lach) Anfangs konnte ich mich jedoch nicht so recht an die Größe gewöhnen, weshalb ich öfter mal aus Versehen Geldscheine im Reisverschluss zerfetzt habe. Ah ha ha ha ha!

Aber wenn ich durch solche Missgeschicke lerne, sorgsamer damit umzugehen, macht mich das vielleicht auch eine Spur erwachsener ... denke ich mir, während ich viel zu spät in diesem Leben damit anfange. Genau.

Das war's mit dem Randspaltentalk für diesen Band!!

Am Ende des Buches findet ihr aber wie immer noch eine Extraseite!

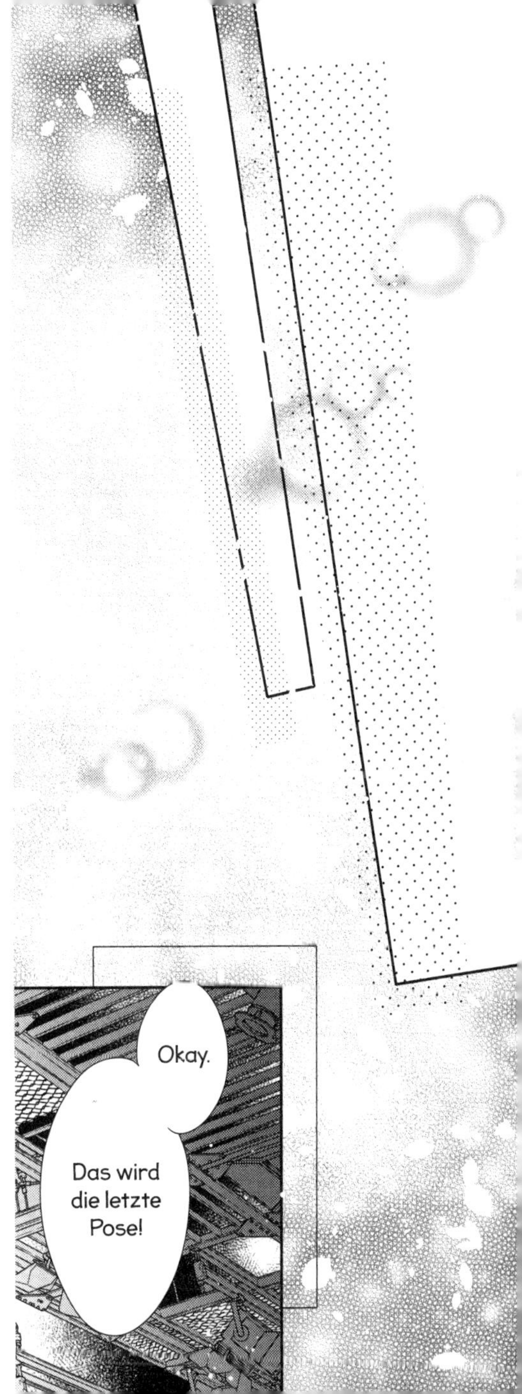

Knips
Danke, das war's!
Gut gemacht!
Du warst prima, Koharu!
Vielen Dank!!
Nicht übel, die Kleine.
Seit ihrem Auftritt in der Serie hat sie sich noch mal gesteigert.
Gesunde Haut und Haare hat sie auch.
Man sagt ja, dass sie sich durch Aufmerksamkeit entfalten.

Ich bin ihr Manager.
Äh, guten Tag.
Dank
Ihr Lob ist sehr schmeichelhaft!
Buchen Sie Koharu gern wieder.
Sonst bist du nie mitgekommen!
Aber kaum werden die Jobs größer ...
Sei nicht so streng mit mir.
Ich muss Beziehungen knüpfen! ☆
Als kleine, unbekannte Agentur!
Oh
Schon so spät.
Hier!
Hm?
?
Dein Lieblingsregisseur Eiji Hikami ...
... kündigt gleich den Film an, den er als Nächstes drehen will.

Willkommen zum Cinema Channel!
Wir sprechen heute über den neuen Film von Eiji Hikami, dessen Kinostart für nächsten Sommer geplant ist …
Snow White Land!
!!
Ein neuer Film!
Wirklich ?!
Ob Ren davon weiß?!
Cinema Channel hat die große Ehre, die Produktion exklusiv ankündigen zu dürfen!
Ich begrüße ganz herzlich …
… den Regisseur Herrn Hikami und den Produzenten Herrn Takai im Studio!
Guten Tag.
Hallo.
Uwaah! Da ist er!
Freut sich, wenn Bekannte von ihr irgendwo auftreten.

Vor wenigen Minuten wurde das Promoplakat veröffentlicht, das Sie im Hintergrund sehen.
Weitere Einzelheiten über den Film sind bislang noch nicht bekannt.
Aber in unserer Sendung werden heute zum allerersten Mal die Hauptdarsteller verkündet!
Das stimmt doch, Herr Hikami?!
So ist es.
Nicht einmal die Schauspieler wissen bisher Bescheid.
Wie bitte?!
Ist das wahr?!
Oh ...
Mit ihren Agenturen haben wir natürlich gesprochen!
Na, so was!
Aber irgendwie typisch Herr Hikami.
Dann wollen wir ...
... die Zuschauer nicht länger auf die Folter spannen. Bitte verraten Sie uns die Namen, Herr Hikami!
Gern.
Die Hauptrollen werden übernommen von ...

Keigo Konno ...
... Ren Seri-zawa ...
... und Koharu Hiragi.
Die drei fallen vermutlich gerade aus allen Wolken.
Ha ha ha!
Hä?
Hä?!
Didelit
Ah!
R...
Ren?!
Didelit
G...
Guckst du auch gerade ...
... die Show mit Herrn Hikami ...?!

Ja!
Sawakiii! Na warte!
Agentur
Ren Serizawa und Koharu Hiragi spielen in der TV-Serie *Die letzte Ouvertüre* mit, die derzeit ausgestrahlt wird, nicht wahr?
Davor waren sie bereits zusammen in Ihrem Musikvideo zu Yuzuru Inamotos Single *Planet Light* zu sehen.
Verraten Sie uns ...
... was Sie dazu bewogen hat, erneut mit den beiden und Keigo Konno zusammenzuarbeiten?
Nun ja ...
Serizawa und Konno sind einfach beide hervorragende Schauspieler.
Ich wollte schon länger einen Film mit ihnen drehen, und dieses Mal hat das Timing gepasst.

Und was Koharu Hiragi ...
... angeht ...
Für die weibliche Hauptrolle hatte ich von Anfang an sie im Kopf, schon als ich das Drehbuch geschrieben habe.
Was?!
Echt jetzt?! Ist das kraaass!
Donnerwetter!!
Koharu Hiragi XDDD
Er hat ihr die Rolle auf den Leib geschrieben?
Boah ey!
Die super Sonderbehandlung!
Jetzt bin ich neugieriiig!
Und was ist mit Keigo??
Das ist ja unglaublich!
Für ein Drehbuch aus Ihrer Feder ist das aber sehr ungewöhnlich, oder?
Könnten Sie uns vielleicht schon ein wenig darüber erzählen, um was für eine Rolle es sich handelt?

Koharu wird die Rolle eines sech-zehnjährigen Mädchens …
… spielen …
… das auf die High-school geht …

... und seinen Freund tötet.
Mit anderen Worten: Sie wird eine Mörderin spielen.
Reflections of Ultramarine 4 – Ende

Bonusseite

Endlich mal ein Bild, das auch nach Bonusseite aussieht? Wie ungewöhnlich? (Lach)

Wollt ihr wissen, warum ausnahmsweise mal ein vernünftiges (?) Bild auf der Bonusseite zu sehen ist? Weil dies ursprünglich der Entwurf für eine Schwarz-Weiß-Titelseite war, die ich zeichnen wollte. Doch kaum war besagter Entwurf fertig, fiel mir ein, dass in der betreffenden Ausgabe des Magazins eine farbige Titelseite an der Reihe war, \(^o^)/ und so habe ich ihn wieder verworfen. Erst wollte ich das Bild einfach für die nächste Schwarz-Weiß-Titelseite aufheben, aber da ich alles voller Kirschblüten gezeichnet hatte, war das von der Jahreszeit her auch nicht mehr passend. Also wurde das Bild nun für die Bonusseite dieses Bandes geopfert. Ende gut, alles gut? (Lach)
Übrigens ist gerade (ja, genau in diesem Moment) eine Freundin zu Besuch, die mir in der Zeit nach meinem Debüt als Mangaka – also in der Phase meines Lebens, in der ich am ärmsten war und keine Assistenten hatte – sehr geholfen hat. (Lach) Während wir gemeinsam in Erinnerungen schwelgen, stellen wir erstaunt fest, wie erwachsen wir geworden sind. (Lach)

Wer einen meiner Manga aus dieser Phase besitzt, weiß vielleicht, wen ich meine? Genau, es ist Uton? (Lach)

Dies ist die letzte Seite?

Vielen Dank an mein Team,
an meine Familie,
Freunde und ALLE Leser

Schreibt mir doch gerne
an diese Adresse:
↓

Altraverse GmbH
»Mayu Sakai«
Ruhrstraße 11A
22761 Hamburg

Twitter → @mayupon107

Band 5 wird übrigens der letzte sein?
Ich hoffe, ihr bleibt bis zum Schluss dabei??

Mayu Sakai

Frühjahr 2019

Daily Butterfly

suu Morishita

Sämtliche Jungs fliegen auf Suiren. Sie ist allerdings von all der Aufmerksamkeit total eingeschüchtert und zieht sich immer weiter in sich zurück, bis sie kaum noch mit jemandem spricht. Doch dann begegnet sie Kawasumi, der sie keines Blickes würdigt. Und plötzlich ist sie fasziniert von seiner zurückhaltenden Art. Wird sie für ihn ihr Schneckenhaus verlassen?

Romance 13+

Short Cake Cake

suu Morishita

Um auf die Oberschule gehen zu können, muss Ten Serizawa von ihrem kleinen Heimatdorf aus eine zweistündige Busfahrt auf sich nehmen – eine echte Herausforderung! Kurzerhand beschließt sie, in eine Wohngemeinschaft zu ziehen. Doch ihre neuen Mitbewohner wecken ungeahnte Gefühle in ihr – und sie auch in ihnen. Und so beginnt das Liebeskarussell sich zu drehen ...

Du erwachst im Frühling

Asato Shima

In der Grundschule wurde Ito immer von dem sieben Jahre älteren Nachbarsjungen Chiharu beschützt. Der leidet allerdings an einer schweren Krankheit und wird in einen Kälteschlaf versetzt, bis es eine Chance auf Heilung gibt. Als er nach sieben Jahren erwacht, ist aus dem »großen Bruder« ein Gleichaltriger geworden und Ito entdeckt ganz neue Gefühle für ihn ...

Der Hexer und ich

Asato Shima

Der neue Schüler, der neben Nagi sitzt, hat ein großes Geheimnis: Er ist eine männliche Hexe, eine echte Seltenheit. Und damit nicht genug: Wenn er sich einem Mädchen nähert, hat er keine Kontrolle mehr über seine Kräfte. Ist er etwa allergisch gegen Mädchen?

Alice auf Zehenspitzen

Mutsumi Yoshida

Alice schmeißt nicht nur zu Hause den Haushalt, sie kümmert sich auch rührend um den Nachbarsjungen Yutaro. Der hegt allerdings ganz andere Gefühle für sie. Und als dann auch noch Yutaros Onkel Toma auftaucht, stürzen die beiden die arme Alice in ein gehöriges Gefühlschaos …

Fantasy 13+

Die Legende von Azfareo

Shiki Chitose

Im Schloss des Königreichs Azfareo haust ein fürchterlicher Drache. Rukul wird auserwählt, ihm zu dienen. Das aufbrausende Temperament der Bestie verschreckt sie zunächst, doch sie bemerkt schnell, dass sich hinter seiner rauen Schale eine sanfte Seele verbirgt. Jedoch rankt sich um den Drachen und den verschwundenen König noch ein großes Geheimnis ...

Deutsche Ausgabe / German Edition
Altraverse GmbH – Hamburg 2020
Aus dem Japanischen von Anne Klink

GUNJO REFLECTION

Redaktion: Joachim Kaps
Herstellung: Nils Bornemann
Lettering: Vibrant Publishing Studio

Druck: CPI books GmbH, Leck
Printed in Germany

ISBN 978-3-96358-398-8
1. Auflage 2020

www.altraverse.de